Danger au Banff Springs

CHÂTEAUX CANADIENS

Danger au Banff Springs

Ian Fraser
HEAD OF MODERN LANGUAGES
UPPER CANADA COLLEGE, TORONTO

Robert Williams
HEAD OF MODERN LANGUAGES
W.A. PORTER COLLEGIATE, SCARBOROUGH

COPP CLARK PITMAN LTD.
TORONTO

ISBN 0-7730-1726-7

EDITING:
Jacquie Donat/Christine Anderson
DESIGN:
Hugh Michaelson
ILLUSTRATION:
June Lawrason
TYPESETTING:
Compeer Typographic Services
PRINTING AND BINDING:
Friesen Printers

Copp Clark Pitman Ltd.
495 Wellington Street West
Toronto, Ontario
M5V 1E9

Printed and bound in Canada

Table des matières

Introduction

parmi   among

liftière
    elevator operator

environs
    surroundings

malgré   in spite of

profiter
    to take
    advantage

L'hôtel Banff Springs fait penser à un château majestueux perdu dans une forêt de grands pins. À côté de l'hôtel se trouve un deuxième petit château où habitent les employés du Banff Springs. Robert et Louise sont assis devant cette résidence. Chaque été il y a des centaines de jeunes qui cherchent du travail à l'hôtel. Robert et Louise sont très contents car ils sont parmi les quatre-vingts candidats qu'on a choisis. Louise est liftière. Robert est garde chargé de la sécurité: il patrouille les jardins et les environs de l'hôtel. Tous les deux sont bien fatigués après leur première semaine de travail. Malgré leur fatigue, ils veulent profiter de leur temps libre. Ils décident de faire une promenade.

1/Un château canadien

appareil photo
  camera

chutes falls

suivre to follow

sentier path

LOUISE Dépêche-toi, Robert! Et n'oublie pas ton appareil photo!

ROBERT Attends! Attends! J'arrive!

LOUISE J'espère que tu es en forme aujourd'hui! Là-bas, dans la vallée de la rivière Bow, il y a un circuit de six kilomètres. Nous allons passer près des chutes et après nous allons suivre le sentier qui va dans la direction du terrain de golf.

ROBERT Très bien, mon amie, mais j'espère que tu connais bien la route.

LOUISE Pas de problème. Je l'ai déjà vérifiée sur la carte.

*Plus tard, dans la vallée, Louise et Robert s'arrêtent et
admirent le paysage.*

paysage   scenery

ROBERT	Oh! Regarde, Louise! Il y a une colonie de castors là-bas!	
		castors beavers
LOUISE	Et regarde plus loin, Robert. C'est le mont Rundle. Que c'est beau!	
ROBERT	Tu sais, nous avons vraiment de la chance, nous deux.	
LOUISE	Oui, c'est vrai. Et nous avons encore trois mois ici dans les Rocheuses. Tourne-toi et admire le paysage derrière nous, Robert.	Rocheuses Rockies
ROBERT	Que c'est magnifique! Ce n'est pas simplement un hôtel—c'est aussi un château canadien.	
LOUISE	Et c'est notre maison pour l'été, mon ami. Quelle chance! Dis, tu ne prends pas de photos?	
ROBERT	Mais si, Louise. Regarde! J'en ai pris déjà dix en une demi-heure.	

11

2/Une situation problématique

gérant manager

réception
  reception desk

inquiet worried

fait les cent pas
  paces back and
  forth

devient
  is becoming

ours bears

gens people

affiches signs

Le gérant du Banff Springs, M. Anderson, se trouve à la réception de l'hôtel. Il a l'air inquiet et il fait les cent pas. M. O'Donnell, chef de sécurité, s'approche de lui.

O'DONNELL   Anderson, ce problème devient de plus en plus grave.

ANDERSON   Alors, dis-moi, combien de personnes ont vu des ours aujourd'hui?

O'DONNELL   Au moins cinq personnes ici à l'hôtel et environ une douzaine sur le terrain de golf.

ANDERSON   Que les gens sont idiots! Dans tous les parcs nationaux du Canada, on voit des affiches qui disent: « Ne donnez rien à manger aux ours. »

O'DONNELL	Oui. Les touristes ne comprennent pas la situation. Ils trouvent mignons les ours et les oursons et ils leur donnent à manger.
ANDERSON	Notre problème actuel, c'est que les ours sont trop près de l'hôtel. D'habitude, on ne les voit qu'à l'entrée de Banff où les gens déposent leurs ordures.
O'DONNELL	Je suis d'accord, Anderson, et j'ai une idée. C'est notre responsabilité de protéger les clients de notre hôtel. Donc, nous devons signaler le danger.
ANDERSON	Alors, qu'est-ce que tu recommandes?
O'DONNELL	On va mettre des affiches qui expliquent bien le danger. On peut les afficher partout dans l'hôtel, dans les ascenseurs, dans les jardins, et surtout au terrain de golf.
ANDERSON	Formidable, mon vieux! Et tu as raison quand tu dis que c'est notre responsabilité. Le Banff Springs est un hôtel de qualité et je ne veux pas que ça change.
O'DONNELL	Très bien. Je vais m'occuper des affiches tout de suite. Tu peux compter sur moi.
ANDERSON	Merci, O'Donnell. À demain.

mignons   cute

oursons
  bear cubs

ordures   garbage

ascenseurs
  elevators

m'occuper de
  to look after

3/Les deux frères

rez-de-chaussée
  ground floor

chasseur   bellboy

se disputent
  are arguing

à haute voix
  loudly

Il est minuit et tout est tranquille dans l'hôtel. Louise est au rez-de-chaussée, seule dans son ascenseur. Deux grands hommes, bien habillés, entrent dans l'ascenseur accompagnés d'un chasseur* qui porte leurs valises et leurs bâtons de golf. Ils se disputent à haute voix. Louise les écoute, les yeux grands ouverts. La tranquillité a disparu.

étage   floor

| BEN | On monte au septième étage, mademoiselle. |

faire faillite
  to go bankrupt

| TOM | Ben, notre compagnie va faire faillite! |

courir des risques
  to take risks

manques de   lack

| BEN | Mais nous devons courir des risques de temps en temps. Toi, tu manques de courage! |
| TOM | Et je refuse d'investir encore deux millions de dollars! Ton projet n'a pas de sens. |

m'énerves
  irritate me

BEN	Tais-toi! Tu m'énerves!
TOM	Je répète, jeune homme, cinquante pour cent de la compagnie est à moi! Nous n'allons pas continuer à perdre de l'argent!
LOUISE	Le septième étage, messieurs.

---

*Dans un contexte différent le mot «chasseur» peut avoir le sens de quelqu'un qui chasse les animaux.

14

Louise ouvre la grille de l'ascenseur et les hommes sortent. Curieuse, elle prend note des noms sur les valises: Tom et Ben Randall de Calgary. Les deux continuent à se disputer tout le long du corridor et Louise referme la grille de l'ascenseur. Elle est contente de retrouver le calme mais elle n'arrive pas à oublier ces deux hommes. Elle redescend au rez-de-chaussée où elle voit M. Anderson à la réception.

le long de   along

ANDERSON	Louise! Qu'est-ce qu'il y a?
LOUISE	Je ne suis pas trop sûre, monsieur. Je viens de monter au septième étage avec deux hommes qui s'appellent Randall.
ANDERSON	Les frères Randall de Calgary?
LOUISE	Oui, monsieur. Vous les connaissez?
ANDERSON	Bien sûr, ma chère. Tout le monde connaît Ben et Tom Randall. Ils sont millionnaires. Mais pourquoi?
LOUISE	Ils me font peur, monsieur. Je n'ai jamais entendu des frères se disputer comme ça.
ANDERSON	Reste calme, Louise. Les frères Randall sont souvent comme ça. L'argent ne fait pas le bonheur.
LOUISE	Eh bien, ils sont riches, mais ces deux hommes ne vont jamais trouver le bonheur, monsieur. Bonne nuit, monsieur.

viens de have just

connaissez   know

bonheur happiness

Louise rentre chez elle mais avant de se coucher elle téléphone à Robert pour lui raconter son aventure.

rencontre meets

Le lendemain matin, Robert rencontre Louise devant la résidence.

LOUISE	Bonjour, Robert.
ROBERT	Bonjour, Louise. Ça va bien aujourd'hui?
LOUISE	Oui, ça va, mais je pense toujours aux frères Randall.
ROBERT	Tu dois les oublier, Louise.
LOUISE	C'est vrai. Tu as raison, Robert. J'ai trop d'imagination.
ROBERT	C'est ça, ton problème. Ton imagination crée un danger. Le danger réel n'existe pas.
LOUISE	D'accord. Je vais me calmer.

donne sur overlooks

coffre trunk

de nouveau again

ombre shadow

rôde is prowling

Robert continue sa surveillance de l'hôtel. Il aime beaucoup son travail. Il vérifie les environs de la piscine, la terrasse derrière l'hôtel qui donne sur la vallée, et enfin le parking près du restaurant panoramique. Deux hommes sortent leurs bâtons de golf du coffre d'une Cadillac blanche. Ils se disputent violemment. Ce sont de nouveau les frères Randall mais Robert ne le sait pas encore. Les deux sont gros et ils marchent avec difficulté après trois heures de golf. Soudain, Robert remarque une grande ombre noire qui rôde dans le parking à vingt mètres de la Cadillac. C'est un grizzli.

ROBERT	Attention, messieurs! Regardez derrière vous!
TOM	Ben! C'est un ours!
BEN	Attends-moi!

Les Randall laissent tomber leurs bâtons de golf par terre. Ils courent dans la direction de Robert. Armé de sa lampe de poche, Robert fait du bruit contre une grande poubelle qui est près de la porte de la cuisine. Il agite les bras et il crie à haute voix. L'ours lui tourne le dos et disparaît dans la forêt.

laissent tomber
  drop

lampe de poche
  flashlight

poubelle
  garbage can

agite waves

dos back

5/Quel cadeau!

À la réception de l'hôtel, Robert présente Tom et Ben Randall au chef de sécurité, M. O'Donnell.

TOM	Très heureux de faire votre connaissance, M. O'Donnell.	faire votre connaissance to meet you
BEN	Ce jeune homme est un employé très courageux.	
O'DONNELL	Oui, et je suis très fier de lui. Félicitations, Robert.	fier proud
TOM	Merci, jeune homme. Tu nous as sauvé la vie.	
BEN	Et voilà un petit cadeau.	

tend offers	*Ben Randall lui tend un billet de cent dollars.*
gêné embarrassed	*Très gêné, Robert l'accepte et leur serre la main.*
serre shakes	*Les Randall quittent la réception et montent à leur chambre. À ce moment, M. Anderson arrive.*

qu'est-ce qui s'est passé? what happened?	ANDERSON Qu'est-ce qui s'est passé, O'Donnell?
effrayé frightened	O'DONNELL Le jeune Robert a effrayé un ours dans le parking près de la cuisine et les frères Randall lui ont donné cent dollars.
	ROBERT J'ai vu l'ours tout près de leur voiture.
	ANDERSON Et tu l'as chassé?
	ROBERT Oui, monsieur. Mais il y a quelque chose d'autre que je dois vous dire.
	ANDERSON Raconte, donc.

ROBERT	Dans le parking et avant l'arrivée de l'ours j'ai observé les frères Randall.
ANDERSON	Continue, Robert. Qu'est-ce que tu as vu?
ROBERT	J'ai entendu une dispute violente entre les deux. Je n'ai pas tout à fait compris mais je pense qu'ils ont des problèmes financiers.
O'DONNELL	Mais les Randall sont millionnaires.
ANDERSON	Nous devons faire attention à ces deux quand même. Il me semble qu'ils se disputent un peu trop souvent. Je ne veux pas de scandale dans le Banff Springs.
O'DONNELL	D'accord. Nous allons les surveiller discrètement.
ANDERSON	Je te remercie, Robert. Tu as bien fait.

tout à fait
  completely

quand même
  nevertheless

surveiller
  to watch

À la réception, O'Donnell et Anderson admirent les nouvelles affiches: « ATTENTION AUX OURS ». Robert part pour la résidence pour raconter son aventure à Louise.

6/*Au terrain de golf*

prennent take

Robert et Louise descendent la colline derrière l'hôtel et prennent le sentier qui va dans la direction du terrain de golf. Ils commencent leur travail à 14 h. Ce matin, donc, ils ont quelques heures de liberté pour explorer la vallée de la rivière Bow.

LOUISE	Arrêtons-nous un instant.
ROBERT	D'accord, Louise. Asseyons-nous sur ce rocher.
LOUISE	Ah, que c'est beau!

rocher rock

nuages clouds

transpire
  is perspiring

respire
  is breathing

Le panorama devant eux est vraiment splendide et l'air pur de la montagne est magnifique. Le ciel est bleu mais il y a quelques nuages autour du sommet du mont Rundle. Tout est calme et les amis apprécient le silence. Soudain, un homme sort de la forêt, son équipement de golf sur l'épaule. Il transpire beaucoup et respire avec difficulté. Louise et Robert courent vers lui.

LOUISE	Robert! C'est Ben Randall! (*Ben tombe, essoufflé.*)
ROBERT	M. Randall, qu'est-ce qu'il y a?
LOUISE	Où est votre frère, monsieur?
BEN	(*Il parle avec difficulté.*) Mon frère est au terrain de golf. Un ours, un grizzli, je pense, nous a attaqués. Je suis sûr que mon frère est mort.
LOUISE	C'est horrible!
ROBERT	Vous en êtes certain?
BEN	Oui, tout à fait.
ROBERT	Alors, calmez-vous un peu, monsieur, et venez avec nous.
LOUISE	Nous devons partir d'ici immédiatement. Je ne veux pas voir ce grizzli!
BEN	Moi non plus, mademoiselle. Moi non plus.

essoufflé
out of breath

non plus   neither

*Robert apporte les bâtons de golf de Ben Randall et les
deux amis l'aident à marcher. Ils montent dans la
direction du Banff Springs. Là-haut, ils rencontrent
M. O'Donnell sur la terrasse et lui racontent la
mauvaise nouvelle.*

23

7/La Gendarmerie royale

*Arrivée à l'hôtel, Louise téléphone à la Gendarmerie
royale du Canada. Le sergent Fleming et M. O'Donnell
accompagnent Robert et ensemble ils découvrent
le corps de Tom Randall. Ses vêtements sont déchirés
et couverts de sang.*

Gendarmerie
  royale
  R.C.M.P.

déchirés   torn

sang   blood

    *À leur retour, ils apprennent que Ben Randall
ne va pas bien et que le docteur de l'hôtel est avec lui.
M. Randall devient très pâle quand il apprend que
le sergent Fleming a vérifié la mort de son frère, son
partenaire. Quand M. Anderson entend la nouvelle
il réunit tout le monde dans son bureau.*

mort   death

ANDERSON	Mes amis, il est nécessaire de prendre quelques décisions tout de suite. Demain, tout le monde va savoir la nouvelle. Les journaux vont décrire tous les détails de cette mort.
O'DONNELL	Anderson, comme chef de sécurité, je promets de faire tout mon possible pour trouver le grizzli.
LOUISE	Nous devons rassurer nos clients et expliquer que les attaques des ours sont très rares.

ANDERSON	Oui, c'est vrai, Louise. Donc, je propose qu'on laisse une courte lettre dans chaque chambre de l'hôtel pour expliquer nos solutions au problème des ours.
O'DONNELL	Moi, je vais demander aux gardes chargés de la sécurité de faire des heures supplémentaires cette semaine. La présence des gardes un peu partout va sûrement calmer tout le monde.
ROBERT	Je suis certain que vous allez avoir la coopération de tous les employés, monsieur.
FLEMING	Ce soir, je peux téléphoner au directeur des parcs nationaux. C'est un homme raisonnable et je suis sûr qu'il peut nous aider à éliminer les ours dangereux.
LOUISE	Est-il nécessaire de tuer les ours?
FLEMING	On ne tue pas les ours dans les parcs. On les transporte par hélicoptère dans une région lointaine.
ANDERSON	Voilà la solution que nos clients vont apprécier. Nous pouvons éliminer le danger actuel ici. Au revoir, tout le monde. Et merci beaucoup.

heures
  supplémentaires
  overtime

lointaine   distant

8/Promenade aux chutes

Il est huit heures du matin et Louise monte au septième étage. Elle est très surprise quand Ben Randall entre dans son ascenseur. Il a un sac de sport* à la main.

LOUISE	Bonjour, M. Randall. Je suis vraiment désolée.
BEN	Merci beaucoup, mademoiselle. Je retourne cet après-midi à Calgary mais pour le moment je vais prendre de l'air dans la vallée.
LOUISE	Je me promène souvent là-bas, monsieur. Je trouve que c'est bien tranquille parmi les pins.
BEN	Où est-ce que je dois aller exactement si je veux voir les chutes de la rivière Bow?
LOUISE	Bon. Vous descendez la colline près de la terrasse et vous prenez le sentier à gauche. C'est dix minutes à pied.
BEN	Merci beaucoup. C'est bien gentil. Au revoir. *(Ben Randall sort de l'ascenseur au rez-de-chaussée. Louise est confuse. Elle court au téléphone.)*

désolée   sorry

---

*«Sac de sport» est une expression canadienne pour décrire un sac où l'on peut mettre un peu de tout.

27

LOUISE	Robert, réveille-toi! Nous avons un problème!
ROBERT	Quoi? Qu'est-ce que c'est? Qui est-ce?
LOUISE	C'est moi, Louise. Es-tu réveillé?
ROBERT	Oui, Louise. Qu'est-ce qu'il y a?
LOUISE	Ben Randall vient de quitter l'hôtel! Et je ne comprends pas. Il porte un sac de sport — c'est bizarre, n'est-ce pas? Il va aux chutes. Mais pourquoi est-ce qu'il porte un sac de sport? Pourquoi va-t-il dans la vallée? N'a-t-il pas peur des ours?
ROBERT	Louise! Calme-toi! Je ne comprends pas non plus. De ma fenêtre, je peux voir Randall. Il descend la colline.
LOUISE	Tu vas le suivre, Robert?
ROBERT	Oui, Louise. Je m'habille maintenant. Téléphone à M. O'Donnell, s'il te plaît. Au revoir.

Robert s'habille et descend à la terrasse à toute vitesse. Il se demande: «Pourquoi un sac de sport? Et puis hier . . . après l'attaque de l'ours, Randall n'a pas laissé tomber son équipement de golf. C'est bizarre.»

Robert monte sur un rocher près des chutes. Il voit Ben Randall à cinquante mètres plus loin. Randall tire une serviette de golf de son sac de sport. La serviette est couverte de taches brunes. C'est du sang sec? Ensuite Randall sort un marteau de la serviette sale. Randall est sur le point de jeter le marteau dans la rivière quand il entend Robert qui crie . . .

se demande
wonders

tire   pulls out

taches   stains

sec   dry

marteau   hammer

ROBERT   Arrêtez, Randall! Je vois le marteau!

9/Poursuite dans la forêt

Robert comprend tout maintenant. Ben a tué Tom et a caché le marteau dans le sac parmi les bâtons de golf. C'est pour cela qu'il l'a apporté du terrain de golf à la forêt hier. Et aujourd'hui il veut éliminer l'évidence. Robert descend du rocher et s'approche de Randall.

BEN	Oui, c'est vrai. Je l'ai tué. Tu as bien compris.
ROBERT	Laissez tomber le marteau!
BEN	Ah, non, jeune homme. J'en ai besoin parce que toi aussi, tu vas mourir.
ROBERT	Mais pourquoi avez-vous tué votre frère? Expliquez-moi cela!

BEN	Pourquoi pas? Mon frère, mon partenaire, n'a pas voulu m'écouter. Il a voulu tout contrôler dans notre compagnie.
ROBERT	Ce n'est pas une raison pour tuer!
BEN	Mais si, car nous avons perdu beaucoup de contrats à cause de lui. J'ai suggéré plusieurs solutions mais il les a ridiculisées.
ROBERT	Et maintenant il est mort.
BEN	Et toi aussi, bientôt.

Ben brandit le marteau et fait un pas vers Robert qui recule. Ben continue de s'approcher et Robert lui tourne le dos et se sauve dans la forêt. Ben le poursuit.

brandit
 brandishes

pas   step

recule   steps back

poursuit   pursues

champ field

ourse she-bear

milieu middle

Robert court dans la forêt et arrive enfin à un champ ouvert où il remarque une ourse et son ourson. Il ne veut pas provoquer les ours. Donc, il retourne vite dans la forêt. Ben arrive en plein milieu du champ. Soudain, il remarque l'ourse derrière lui mais c'est trop tard. L'ourse l'attaque.

grondements
  growling

coups shots

ne sont plus là
  aren't there
  anymore

Robert entend les cris de l'homme et les grondements de l'animal. Il s'arrête un instant et écoute. Ce sont deux coups de revolver? Il retourne au champ et là il trouve le sergent Fleming et M. O'Donnell à côté du corps immobile de Ben Randall. Les ours ne sont plus là.

ROBERT	Vous ne l'avez pas tué?
FLEMING	Mais non, c'est l'ourse qui l'a fait. J'ai tiré seulement pour chasser l'animal.
O'DONNELL	Nous sommes arrivés un peu trop tard pour sauver Ben, malheureusement.
ROBERT	Mais vous avez bien fait de venir. Il a tué son frère avec un marteau et il a voulu me tuer aussi.
FLEMING	Et maintenant c'est lui qui est mort.
O'DONNELL	Tué par l'ourse.
ROBERT	Quelle ironie. *(À ce moment, M. Anderson et Louise arrivent, essoufflés.)*
LOUISE	Ah, non! Pas encore.
FLEMING	Oui, mais cette fois, c'est vraiment une ourse qui l'a fait.
ROBERT	Mais seulement parce qu'elle a voulu protéger son ourson.
ANDERSON	Un ours n'a pas tué l'autre frère, alors?
O'DONNELL	Non, c'est ce frère-ci qui est le responsable.
ANDERSON	Peut-être que la situation est moins grave après tout.
ROBERT	Je crois bien, car l'ourse a fui quand le sergent Fleming et M. O'Donnell sont arrivés. Elle n'a pas attaqué de nouveau.
ANDERSON	Louise et Robert, je dois vous dire quelque chose: Nous sommes très fiers de vous. À mon avis, le danger au Banff Springs n'existe plus.
LOUISE	Oui, monsieur, pour le moment . . . mais on ne sait jamais.

Marginal glosses:

tiré — fired

a fui — fled

à mon avis — in my opinion

Exercices/*Introduction*

A. *Répondez par une phrase complète*:
  1. Pourquoi Robert et Louise sont-ils à l'hôtel?
  2. Que fait Louise? Que fait Robert?
  3. Que font-ils pour profiter de leur temps libre?

B. *Vrai ou faux?*
  1. Le Banff Springs est un chalet.
  2. Robert et Louise sont perdus.
  3. Les employés habitent un petit château.
  4. Robert et Louise sont heureux.
  5. On a choisi vingt-quatre candidats.

C. *Trouvez les mots qui manquent*:
  1. L'hôtel fait penser à un _____ majestueux.
  2. Ils sont assis devant la _____.
  3. Des _____ de jeunes cherchent du travail.
  4. Robert _____ les jardins.
  5. C'est leur première _____ de travail.

D. *Trouvez la bonne préposition*:
  1. L'hôtel est perdu _____ une forêt _____ pins.
  2. La résidence est _____ côté _____ l'hôtel.
  3. Ils sont assis _____ la résidence.
  4. Ils sont _____ les quatre-vingts candidats.
  5. Les deux sont fatigués _____ leur première semaine de travail.

E. *Soyons logiques: Quel est le bon ordre des mots?*
  1. dans / l'hôtel / une forêt / est / de grands pins / perdu
  2. devant / sont / cette / assis / résidence / Robert et Louise
  3. une / de / ils / faire / décident / promenade

F. *Discutons, s.v.p.!*
  1. Beaucoup de jeunes travaillent à temps partiel.
  2. Les jeunes d'aujourd'hui ont trop de temps libre.

G. *Pot-pourri*:
  1. Décrivez la photo du Banff Springs sur la couverture.
  2. Travaillez-vous en été?

A. *Répondez par une phrase complète*:
  1. Où est-ce que Louise et Robert vont faire leur promenade?
  2. Où va le sentier?
  3. Combien de temps vont-ils passer dans les Rocheuses?

B. *Vrai ou faux?*
  1. Ils vont passer près des chutes.
  2. Robert et Louise admirent le paysage.
  3. Ils voient des caribous.
  4. Ils restent encore trois semaines.
  5. Louise a déjà pris dix photos.

C. *Trouvez les mots qui manquent*:
  1. N'oublie pas ton _____ _____!
  2. Le sentier va dans la direction du _____ de _____.
  3. Il y a une colonie de _____ là-bas.
  4. Nous avons vraiment de la _____, nous deux.
  5. Tu ne _____ pas de photos?

D. *Trouvez le contraire des mots soulignés*:
  1. Nous allons passer loin des chutes.
  2. Ils s'arrêtent sur la montagne.
  3. Que c'est laid!
  4. Admire le paysage devant nous, Robert.

E. *Soyons logiques: Quel est le bon ordre des mots?*
  1. maison / c'est / l'été / pour / notre
  2. ici / avons / trois / nous / encore / mois
  3. passer / chutes / nous / près des / allons

F. *Discutons, s.v.p.!*
  1. Un appareil photo est essentiel quand on voyage.
  2. Le golf n'est pas un sport.

G. *Pot-pourri*:
  1. À votre avis est-ce que Robert et Louise ont de la chance de passer l'été dans les Rocheuses? Expliquez votre réponse.
  2. Qu'est-ce que vous aimez faire pendant l'été?

A. *Répondez par une phrase complète*:
1. Qu'est-ce qui montre que M. Anderson est nerveux?
2. Pourquoi voit-on des ours près de la ville de Banff?
3. Comment M. O'Donnell va-t-il signaler le danger aux clients de l'hôtel?

B. *Vrai ou faux?*
1. Le gérant de l'hôtel n'est pas très calme.
2. Les touristes comprennent le problème.
3. M. O'Donnell veut protéger les clients de l'hôtel.
4. M. Anderson va s'occuper des affiches.

C. *Trouvez les mots qui manquent*:
1. M. O'Donnell se trouve à la _____ de l'hôtel.
2. Ne donnez rien à manger aux _____.
3. On peut les afficher _____ dans l'hôtel.
4. Tu peux _____ sur moi.

D. *Trouvez le synonyme des mots soulignés*:
1. Le problème devient sérieux.
2. Combien de gens ont vu des ours?
3. Que les gens sont stupides!
4. C'est là où les gens laissent leurs ordures.
5. Qu'est-ce que tu suggères?

E. *Soyons logiques: Quel est le bon ordre des phrases?*
1. Ils doivent protéger les clients du Banff Springs.
2. M. O'Donnell va s'occuper des affiches.
3. Ils vont mettre des affiches partout.
4. M. O'Donnell s'approche de M. Anderson.
5. Ils parlent du problème des ours.

F. *Discutons, s.v.p.!*
1. Les gens ne font pas attention aux affiches.
2. Il y a du danger dans la forêt.

G. *Pot-pourri*:
1. Comment savez-vous que M. O'Donnell est un employé sérieux dans son travail?

A. *Répondez par une phrase complète*:
1. Comment les deux hommes se parlent-ils?
2. Qu'est-ce que Tom ne veut pas faire?
3. Pourquoi Louise a-t-elle peur?

B. *Vrai ou faux?*
1. Les Randall sont bien habillés.
2. Ils sortent de l'ascenseur au sixième étage.
3. Louise est contente de retrouver le calme.
4. Les frères Randall viennent de Calgary.

C. *Trouvez les mots qui manquent*:
1. Un chasseur porte leurs _____ et leurs _____ de _____.
2. Louise les écoute, les _____ grands ouverts.
3. Notre compagnie va faire _____.
4. Nous devons courir des _____ de temps en temps.
5. Elle redescend au _____-de-_____.

D. *Trouvez l'infinitif qui correspond à chaque nom*:
1. une dispute
2. un fait
3. une course
4. un investissement
5. une répétition

E. *Soyons logiques: Quel est le bon ordre des phrases?*
1. Ils se disputent.
2. Deux hommes entrent dans l'ascenseur.
3. Ils sortent de l'ascenseur au septième étage.
4. Elle descend pour parler au gérant.
5. Louise prend note des noms sur les valises.

F. *Discutons, s.v.p.!*
1. D'habitude, les frères s'entendent bien.
2. L'argent ne fait pas le bonheur.

G. *Pot-pourri*:
1. Quand vous avez le choix, prenez-vous l'ascenseur ou l'escalier? Expliquez.

A. *Répondez par une phrase complète*:
1. Pourquoi les frères Randall marchent-ils avec difficulté?
2. Que fait le grizzli?
3. Comment Robert chasse-t-il l'ours?

B. *Vrai ou faux?*
1. Robert rencontre Louise devant la résidence.
2. Louise va se calmer.
3. Robert n'aime pas son travail.
4. Les deux hommes se parlent gentiment.
5. Robert reconnaît les deux hommes.

C. *Trouvez les mots qui manquent*:
1. J'ai trop d'_____.
2. Il _____ les environs de la piscine.
3. Ils marchent avec _____.
4. Robert a sa _____ de poche avec lui.

D. *Trouvez le contraire des mots soulignés*:
1. Au revoir, Robert.
2. Je n'ai pas assez d'imagination.
3. Tu as tort.
4. Les Randall ramassent leurs bâtons de golf.
5. Il parle à voix basse.

E. *Soyons logiques: Quel est le bon ordre des mots?*
1. pense / Randall / je / frères / aux / toujours
2. la piscine / de / il / les environs / vérifie
3. dans / noire / rôde / le parking / une ombre

F. *Discutons, s.v.p.!*
1. J'ai souvent trop d'imagination.
2. Je ne dors pas bien si . . .

G. *Pot-pourri*:
1. Comment savez-vous que Robert est courageux?
2. Avez-vous jamais visité un parc national? Lequel? Quand?

A. *Répondez par une phrase complète*:
1. Qu'est-ce que Ben donne à Robert? Pourquoi?
2. Pourquoi M. Anderson est-il inquiet maintenant?
3. Que propose M. O'Donnell?

B. *Vrai ou faux?*
1. Ben pense que Robert est un employé courageux.
2. Robert a entendu une dispute violente.
3. M. Anderson remercie Robert.
4. Robert retourne au parking.

C. *Trouvez les mots qui manquent*:
1. Très heureux de faire votre _____.
2. Robert l'accepte et leur _____ la main.
3. Le jeune Robert a _____ un ours.
4. M. Anderson admire les nouvelles _____.
5. Robert veut _____ son aventure à Louise.

D. *Trouvez la forme masculine des adjectifs suivants*:
1. courageuse
2. fière
3. heureuse
4. financières
5. gênée

E. *Soyons logiques: Quel est le bon ordre des phrases?*
1. M. O'Donnell explique la situation à M. Anderson.
2. M. Anderson ne veut pas de scandale.
3. Ben offre un cadeau à Robert.
4. M. O'Donnell est très fier de Robert.
5. Les frères montent à leur chambre.

F. *Discutons, s.v.p.!*
1. Cent dollars n'est pas beaucoup d'argent.
2. Même les millionnaires ont des problèmes.

G. *Pot-pourri*:
1. Pensez-vous que Robert mérite les cent dollars?
2. Décrivez l'illustration aux pages 18 et 19.

6/Au terrain de golf

A. *Répondez par une phrase complète:*
1. Qu'est-ce que Robert et Louise vont faire ce matin?
2. Comment savez-vous que Ben Randall n'est pas en bonne condition physique?
3. Où est Tom Randall?
4. Comment est-ce que Robert aide Ben Randall?

B. *Vrai ou faux?*
1. Robert et Louise descendent la colline devant l'hôtel.
2. Robert et Louise commencent leur travail à 10 h.
3. Ils ont quelques heures de liberté.
4. Ben croit que son frère est mort.
5. Louise apporte les bâtons de golf de Ben Randall.

C. *Trouvez les mots qui manquent:*
1. Le _____ devant eux est vraiment splendide.
2. Il y a quelques _____ autour du sommet.
3. Il respire avec _____.
4. Je ne veux pas voir ce _____!
5. Robert et Louise racontent la mauvaise _____.

D. *Trouvez le contraire des mots soulignés:*
1. Ils <u>montent</u> la colline.
2. Ils <u>finissent</u> leur travail.
3. L'air est <u>pollué</u>.
4. Ils apprécient <u>le bruit</u>.
5. C'est <u>formidable</u>!

E. *Soyons logiques: Quel est le bon ordre des mots?*
1. est / de / l'air / la montagne / pur / magnifique
2. mon frère / mort / sûr / je suis / est / que
3. d'ici / devons / nous / immédiatement / partir

F. *Discutons, s.v.p.!*
1. Il est difficile de trouver du calme dans notre monde moderne.
2. Je préfère la montagne à la mer.

G. *Pot-pourri:*
1. Quel est le plus beau paysage près de chez vous?

A. *Répondez par une phrase complète*:
1. Pourquoi le docteur est-il avec Ben Randall?
2. Pourquoi les gardes vont-ils faire des heures supplémentaires?

B. *Vrai ou faux?*
1. Robert téléphone à la Gendarmerie royale du Canada.
2. Les vêtements de Tom Randall sont couverts de sang.
3. M. O'Donnell va téléphoner au directeur des parcs nationaux.
4. On va tuer les ours dans le parc.

C. *Trouvez les mots qui manquent*:
1. Ses vêtements sont _____.
2. On découvre le _____ de Tom Randall sur le terrain de golf.
3. M. Anderson réunit tout le monde dans son _____.
4. La lettre va expliquer leurs _____ au problème des ours.
5. Le directeur des _____ nationaux est un homme raisonnable.

D. *Trouvez le synonyme des mots soulignés*:
1. Il est en <u>mauvaise condition</u>.
2. C'est le <u>médecin</u> qui est avec lui.
3. Il a <u>confirmé</u> la mort de son frère.
4. Ils prennent des décisions <u>immédiatement</u>.
5. Je suis <u>sûr</u> que vous allez avoir leur coopération.

E. *Soyons logiques: Quel est le bon ordre des phrases?*
1. Ben Randall ne va pas bien.
2. M. Anderson entend la nouvelle.
3. Ils découvrent le corps de Tom Randall.
4. Le sergent Fleming et M. O'Donnell accompagnent Robert au terrain de golf.

F. *Discutons, s.v.p.!*
1. Les hélicoptères sont très utiles.

G. *Pot-pourri*:
1. Êtes-vous d'accord avec la solution du sergent Fleming au problème des ours?

A. *Répondez par une phrase complète*:
   1. Que fait Louise quand Ben sort de l'ascenseur?
   2. Pourquoi est-ce que Robert s'habille vite?
   3. Pourquoi Robert est-il intrigué par le sac de sport?
   4. Pourquoi est-ce que Ben est allé à la rivière?

B. *Vrai ou faux?*
   1. Ben retourne à Calgary ce soir.
   2. Ben veut voir les chutes.
   3. Un coup de téléphone réveille Robert.
   4. Les taches sur la serviette sont rouges.
   5. Ben jette le marteau dans la rivière.

C. *Trouvez les mots qui manquent*:
   1. Louise est très _____ quand Ben entre dans son ascenseur.
   2. Ben va prendre de l'_____ dans la vallée.
   3. C'est bien tranquille _____ les pins.
   4. N'a-t-il pas _____ des ours?
   5. Robert s'habille et descend à la _____.

D. *Trouvez le contraire des mots soulignés*:
   1. Ben Randall sort de l'ascenseur.
   2. La montagne est tranquille.
   3. Prenez le sentier à droite.
   4. Es-tu endormi?
   5. C'est normal, n'est-ce pas?

E. *Soyons logiques: Quel est le bon ordre des mots?*
   1. la / a / à / il / un / de sport / sac / main
   2. terrasse / vous / de / près / descendez / colline / la / la

F. *Discutons, s.v.p.!*
   1. J'aime me promener seul(e) parce que . . .

G. *Pot-pourri*:
   1. Pourquoi Louise a-t-elle téléphoné à Robert?
   2. Décrivez les illustrations aux pages 28 et 29.

A. *Répondez par une phrase complète*:
1. Pourquoi Ben a-t-il continué à porter son équipement de golf après la mort de Tom?
2. Est-ce que Tom a aimé les idées de Ben? Expliquez.
3. Pourquoi est-ce que Robert se sauve dans la forêt?

B. *Vrai ou faux?*
1. Tom a tué Ben.
2. Robert a caché le marteau dans le sac.
3. Tom a voulu tout contrôler dans la compagnie.
4. Maintenant, Ben veut tuer Robert.
5. Ben brandit le marteau.

C. *Trouvez les mots qui manquent*:
1. Aujourd'hui, Ben veut _____ l'évidence.
2. Robert descend du _____.
3. Laissez _____ le marteau!
4. Mon frère n'a pas voulu m'_____.
5. Ce n'est pas une _____ pour tuer!

D. *Trouvez l'infinitif qui correspond au nom*:
1. la compréhension
2. l'élimination
3. la descente
4. l'explication
5. la poursuite

E. *Soyons logiques: Quel est le bon ordre des phrases?*
1. Ben brandit le marteau.
2. Ben le poursuit.
3. Robert comprend tout maintenant.
4. Robert se sauve dans la forêt.
5. Robert s'approche de Ben Randall.

F. *Discutons, s.v.p.!*
1. Si je veux cacher une chose, je la mets . . .

G. *Pot-pourri*:
1. Que pensez-vous de la raison pour laquelle Ben a tué son frère?

A. *Répondez par une phrase complète*:
   1. Pourquoi Robert retourne-t-il dans la forêt?
   2. Quels bruits est-ce que Robert entend derrière lui?
   3. Qu'est-ce qu'il voit quand il retourne au champ?

B. *Vrai ou faux?*
   1. Il n'est pas dangereux d'inciter les ours.
   2. Robert retourne dans la forêt.
   3. Les deux coups de revolver ont chassé les ours du champ.
   4. Un chien a tué Tom Randall.
   5. Le sergent Fleming a tué Ben Randall.

C. *Trouvez les mots qui manquent*:
   1. Robert remarque une ourse et son _____.
   2. Ce sont deux _____ de revolver?
   3. Le _____ de Ben est immobile.
   4. Ben a tué son frère avec un _____.
   5. L'ourse a voulu _____ son ourson.

D. *Trouvez le contraire des mots soulignés*:
   1. C'est un champ <u>fermé</u>.
   2. Il retourne <u>lentement</u> dans la forêt.
   3. Nous sommes arrivés un peu trop <u>tard</u>.
   4. La situation est <u>plus</u> grave.
   5. Le sergent Fleming et M. O'Donnell sont <u>partis</u>.

E. *Soyons logiques: Quel est le bon ordre des mots?*
   1. les / il / ours / provoquer / ne veut pas
   2. lui / est / c'est / qui / mort / maintenant / et
   3. fiers / de / nous / vous / sommes / très

F. *Discutons, s.v.p.!*
   1. Robert et Louise sont de véritables héros.
   2. La plus grande ironie dans la vie c'est que . . .

G. *Pot-pourri*:
   1. Êtes-vous d'accord avec Louise à la fin de l'histoire?
   2. Avez-vous jamais vécu un moment de danger dans votre vie?
      Expliquez.

accompagné	: accompanied	dois	: must
actuel	: current	dors	: sleep
affiches (f)	: signs	effrayé	: frightened
agite	: waves	encore	: still, yet
apporte	: carries	endormi	: asleep
s'approche	: approaches	ensemble	: together
apprennent	: learn	entend	: hears
ascenseur (m)	: elevator	s'entendent	: get along
assez	: enough	entendu (entendre)	: heard
assis	: seated	environ	: about
autour de	: around	environs	: surroundings
avis: à votre avis	: in your opinion	épaule (f)	: shoulder
		escalier (m)	: stairs
bâtons (m) de golf	: golf clubs	expliquer	: to explain
billet (m)	: bill	félicitations (f)	: congratula-tions
bonheur (m)	: happiness		
bruit (m)	: noise	fier	: proud
bureau (m)	: office	finissent	: finish
cacher	: to hide	forêt (f)	: forest
cadeau (m)	: gift	forme: en forme	: physically fit
chasseur (m)	: bellboy	fui (fuir)	: fled
circuit (m)	: route	gêné	: embarrassed
colline (f)	: hill	gens (m)	: people
commencent	: begin	gérant (m)	: manager
comprennent	: understand	gros	: fat, big
compter	: to count	m'habille	: am getting dressed
connaissez	: know		
contrats (m)	: contracts	habillé	: dressed
corps (m)	: body	heureux	: happy
côté: à côté de	: beside	inquiet	: worried, anxious
couvert	: covered		
crée	: create	jeter	: to throw
croit	: believes	là-bas	: over there
d'accord	: in agreement, OK	laid	: ugly
		laissent tomber	: drop
d'habitude	: usually	lampe (f) de poche	: flashlight
déchiré	: torn	lendemain (m)	: following day
découvrent	: discover	lequel	: which one
déjà	: already	loin	: far
dépêche-toi	: hurry up	lui	: him
déposent	: dump, dispose of	marcher	: to walk
		marteau (m)	: hammer
disparaît	: disappears	mauvais	: bad
se disputent	: are arguing	médecin (m)	: doctor

mer (f)	: sea	recule	: steps back
mérite	: deserves	remarque	: notices
minuit (m)	: midnight	rentre	: returns
montagne (f)	: mountain	respire	: breathes
monter	: to go up	réunit	: gathers
nouvelle (f)	: (piece of) news	réveille-toi	: wake up
		sait	: knows
nuages (m)	: clouds	se sauve	: runs away
ombre (f)	: shadow	sauvé	: saved
oublier	: to forget	savoir	: to know
ours (m)	: bear	sens (m)	: sense
ourse (f)	: she-bear	serre	: shakes
ourson (m)	: bear cub	signaler	: to point out
parmi	: among	sortent	: take out
parti (partir)	: left	suivre	: to follow
partir	: to leave	surveiller	: to watch
partout	: everywhere	taches (f)	: stains
patrouille	: patrols	tais-toi	: be quiet
paysage (m)	: scenery	terrain (m) de golf	: golf course
pense	: think	terre: par terre	: on the ground
perdre	: to lose		
perdu (perdre)	: lost	toujours	: still
pins (m)	: pine trees	tout à fait	: completely
piscine (f)	: swimming pool	transpire	: perspires
		trous (m)	: holes
pollué	: polluted	se trouve	: is
poubelle (f)	: garbage can	tuer	: to kill
prends	: take	utile	: useful
près de	: near	valise (f)	: suitcase
problématique	: problematical	vécu (vivre)	: lived
promenade (f)	: walk	venez	: come
protéger	: to protect	véritable	: real
provoquer	: to provoke	vers	: toward
quittent	: leave	vêtements (m)	: clothing
raconter	: to tell about	vitesse: à toute vitesse	: at full speed
réception (f)	: reception desk		
		voix: à haute voix	: loudly
reconnaît	: recognizes		

1 2 3 4 5 110801 89 88 87 86 85